TABLEAUX

ET DESSINS

EXÉCUTÉS PAR

BÉNÉDICT MASSON

VENTE

Le Mardi 28 Janvier 1867

—

EXPOSITIONS

Particulière: *Le Dimanche 26 Janvier 1868*

Publique: *Le Lundi 27 Janvier 1868*

Mᵉ CHARLES PILLET, | M. FRANCIS PETIT,
COMMISSAIRE-PRISEUR | EXPERT

1868

TABLEAUX & DESSINS

EXÉCUTÉS PAR

Bénédict MASSON

CATALOGUE

DE

TABLEAUX

et

DESSINS

EXÉCUTÉS PAR

BÉNÉDICT MASSON

DONT LA VENTE AURA LIEU

HOTEL DROUOT, Salle N° 8

Le Mardi 28 Janvier 1868

A DEUX HEURES ET DEMIE PRÉCISES.

M⁰ **Charles PILLET**, Commissaire-Priseur, 11, rue de Choiseul,

M. **Francis PETIT**, Expert, 7, rue Saint-Georges.

Chez lesquels se trouve le Catalogue.

EXPOSITIONS { PARTICULIÈRE, le Dimanche 26 Janvier 1868,
PUBLIQUE, le Lundi 27 Janvier 1868,

DE UNE HEURE A CINQ HEURES.

CONDITIONS DE LA VENTE

Elle sera faite au comptant.

Les acquéreurs payeront *cinq pour cent* en sus des adjudications.

———

0000. — Paris. imp. de PILLET fils aîné, rue des Grands-Augustins, 5.

TABLEAUX

1 — Les Ages de la vie.

Haut., 100 cent.; larg., 82 cent.

2 — Incendie de Rome sous Néron.

Haut., 100 cent.; larg., 82 cent.

3 — Un Passage dans les Alpes.

Haut., 100 cent.; larg., 82 cent.

4 — Battue par l'Amour.

Haut., 100 cent ; larg., 82 cent.

*

5 — Nymphe évanouie.

Haut., 100 cent.; larg., 82 cent.

6 — Jeunes Filles effrayées par un serpent.

Haut., 72 cent.; larg., 59 cent.

7 — Baiser maternel.

Haut., 85 cent.; larg., 55 cent.

8 — Un Soldat d'Annibal.

Haut., 75 cent.; larg., 55 cent.

9 — Une Fête à Capoue.

Haut., 130 cent.; larg., 162 cent.

10 — La Cage et l'Oiseau.

Haut., 100 cent.; larg., 82 cent.

11 — Un futur Soldat.

Haut., 82 cent.; larg., 65 cent.

12 — Les Chrétiens sous Tibère.

Haut., 195 cent.; larg., 1 " cent.

13 — Le Chariot cassé.

Haut., 65 cent.; larg., 82 cent.

14 — Un Conquérant.

Haut., 81 cent.; larg., 65 cent.

15 — Scène du Massacre des Innocents.

Haut., 55 cent.; larg., 35 cent.

16 — Soldat et Bergère. Scène antique.

Haut. 46 cent.; larg. 39 cent.

17 — Madeleine repentante.

Haut., 221 cent.; larg., 167 cent.

18 — Mater Dolorosa.

Haut., 65 cent.; larg., 55 cent.

19 — Tête de Christ. — Peinture exécutée sur fond
d'or.

Haut., 81 cent.; larg., 65 cent.

20 — Éducation maternelle. — Peinture exécutée
sur fond d'or.

Haut., 99 cent.; larg., 80 cent.

21 — Aux Petits des Oiseaux. — Peinture exécutée
sur fond d'or.

Haut., 100 cent.; larg., 81 cent.

22 — Baiser de l'Enfant. — Peinture exécutée sur
fond d'or.

Haut., 55 cent.; larg., 46 cent.

26 — Retour du Marché.

Haut., 55 cent.; larg., 65 cent.

24 — Une Famille du Polet (Dieppe).

Haut., 65 cent.; larg., 54 cent.

25 — La Mère nourricière.

Haut 42 cent.; larg. 57 cent.

26 — Une Falaise des environs de Dieppe. Paysage
avec animaux.

Haut. 72 cent.; larg. 92 cent.

27 — Marine. Effet du soir.

Haut. 59 cent.; larg. 63 cent.

28 — Barque entraînée sur la Cascade de Terni.
Episode sous Tibère.

Haut. 65 cent.; larg. 82 cent.

29 — Une Cariatide.

Haut., 196 cent.; larg., 116 cent.

30 — Saint Pierre sortant de prison. — Tableau
de concours.

Haut., 146 cent ; larg., 115 cent.

31 — Le Siècle de Charlemagne. — Esquisse d'une
des peintures murales exécutées dans la
cour d'honneur aux Invalides.

Haut., 50 cent.; larg., 302 cent.

32 — Jeune Femme au miroir. — (Etude.)

Haut., 57 cent.; larg., 46 cent.

33 — Ecce Homo. — (Tête.)

Haut., 81 cent.; larg., 65 cent.

34 — Ecce Homo. — (Esquisse.)

Haut., 32 cent.; larg., 24 cent.

35 — Une Tête de Madeleine. — (Etude.)

Haut. 75 cent.; arg., 60 cent.

DESSINS

36 — Le Siècle de Charlemagne. — Dessin d'une
des compositions exécutées à l'Hôtel des
Invalides, dans la cour d'honneur.

Haut., 50 cent.; larg., 308 cent.

37 — Nymphe se réfugiant dans une grotte.

Haut., 82 cent.; larg., 47 cent.

38 — Le Christ insulté.

Haut., 81 cent.; larg., 86 cent.

39 — Un Naufrage.

Haut., 67 cent.; larg., 81 cent.

40 — Ecce Homo.

Haut., 94 cent.; larg., 67 cent.

41 — Calvaire.

Haut., 85 cent.; larg., 70 cent.

42 — Le Livre des Douze Mois. (Suite de douze compositions.)

Haut., 00 cent.; larg., 00 cent.

www.ingramcontent.com/pod-product-compliance
Lightning Source LLC
LaVergne TN
LVHW010858180726
843502LV00010B/3946